太陽點名

余光中

迎接明年鑽婚（二〇一六）

謹以此書獻予吾妻我存

——賢內助

好外助

長牽手

目次

第一輯　短製

第二輯　唐詩神遊

第三輯　長　詩

第一輯　短製

窗之聯想

四方的窗子
窗子的四方

記得從前在廈門街
我八蓆的書房
多盼有陽光
而陽光終年不到
冷啊，我抖擻的詩句
唯一出口是北窗

只好讀淵明的文章
想像有南窗可憑
不必採菊
就悠然可見南山
即使要做夢
也有南柯來牽引

而更豔羨的該是
李商隱的西窗
有纖手伴我剪燭
暖頰烘托的紅暈
聽我低訴
巴山夜雨的淒涼

至於東窗呢，小心

切戒在夜半
以爲瞞得過鬼神
就可以老鼠搬米
偷空了整個倉庫
否則天一亮，東窗

事發，你才驚覺
隔壁就是囚窗

——原載二〇〇九年二月二十一日《中國時報》

茶頌

茶與比酒興令人振奮
茶香比花香令人提神
一壺清水向火上一沸
就能叫醒沉沉的茶魂
一盅暖流在丹田裏運轉
像地母的胎氣轉動台灣
愈入佳境而不覺夜深
說，耐得了苦的終會回甘
洪水與狂風怎能摧斷
這一縷不屈的茶香冉冉

——原載二〇〇九年十二月十八日《中國時報》

晚間新聞

奔赴最前線的未必就陣亡
把帽子戴得最愛國的
未必是壯士，烈士
脫下面具，數鈔票和選票
沙塵暴吹倒了革命銅像
颱風吹走了整個世紀
——所有的諾言，口號，標語
最不褪的是英雄本色
最耐看的是赤裸的靈魂
最好的防衛是全不設防

——原載二〇一〇年五月十二日《中國時報》

思華年

——贈吾妻我存

最初是你無憂的綺年
交錯編成無猜的長辮
　用你的烏絲
　我的情絲

後來用圓滿的金戒指
幸福最小巧的直徑
　套你的修指
　我的鈍指

也曾將珍珠串成銀鍊
懸在你白皙的胸前
　雨珠滴陰天
　露珠閃晴天

你也覓得靈異的碧璽
綴成祥瑞，隨身可攜
　化你的祈福
　作我的護符

且莫嘲弄我多麼衰老
雙臂張開，還能夠擁抱
　像太陽擁著火冕
　像月亮擁著風暈

像土星擁著光環
像木星擁著
繽紛的十六顆衛星
那樣地將你擁抱

那四個女兒呢，你問
珊珊
幼珊
佩珊
和季珊？
我一笑指向澳洲外海
那一列清澈的珊瑚礁

——原載二〇一〇年五月二十七日《聯合報》

蟬聲

看她眼神凝定，側耳
傾聽的樣子，我笑問
「怎麼了」，她神秘地指指
落地長窗外的遠方
窗外是陽台，陽台之外
是街巷，和漲落的車潮
在我晚年重聽的耳裏
迴流旋成混沌的漩渦
「你再聽，」她說。我再聽
鼓動我還能操縱的神經

但聽域沉沉，只傳來囂囂
她說，「你聽不見嗎，那是
——蟬聲啊，是知了在叫」

我側耳再聽，卻聽而不聞
那親切而又陌生的頻率
原來是夏天在野外叫我
越過滿城的市聲車潮
叫我回到少年，不，童年
叫我，越過電視和電腦
越過滿城眈眈的紅燈
叫我回到她懷裏去
白天用聒聒蟬噪
夜晚用閣閣蛙鳴
去不睬紅燈，只有流螢

殷勤探路的提燈晚會
在響應滿天抖擻的星星

所以在西子灣我不甘退休
只爲單調的蟬聲不歇
長廊上燕子還在我頭頂
旁若無人地倏來倏去
忙於用口涎啣草搭建
無人來侵犯她的燕窩

——二〇一〇年六月十日
——原載二〇一〇年八月十八日《聯合報》

秋千

始終不肯放手的，這世界
偶爾也會放我們
七分鐘的假期或八分
讓腳尖直踢到雲頂
紫檀樹整排向我們鞠躬
風景竟然和我們遊戲

讓我們變成鳥吧
所有的高枝危藤
都是羽族的秋千

或是變成風箏吧
讓氣流扶掖著我們
一脫手就要飛去
不然變成鐘擺吧
上升和下降之間
一眨眼幾度輪迴

你原說，這是孩子的天眞
我們怎麼好意思
我說，孩子不就是我們
讓我們盪吧，盪回童年
只要夠高，就能再一瞥
母親晒衣裳的後院

更想起從前的蜜月

以爲早已經失蹤
卻縮成一個小精靈
躲在這秋千架上，只等
我們路過時發現
其實，它到處在找我們

——二〇一〇年六月三十日
——原載二〇一〇年九月二日《聯合報》

問玉鐲

——我存所佩

洪濛太初，你堅貞的身世
一路要追溯到崑崙
造山運動的磊磊
地質的元氣，岩石的精魂
遙遙傳自記憶的混沌
千年前是哪一位巧匠
不計夙夜挑剔又琢磨
將你雕成如此地倜儻
外圓而內扁，脫胎於和闐

世稱羊脂白玉，麗質天生
玉肌隱約透出了沁痕
欲露不露永不洩天機
恍惚如窺月中的倒影
佩在一位玉人的腕上
幾世修來的相得益彰
手何幸而有護衛，百邪不侵
鐲何幸而有依託，可以分暖
人和玉渾然合成了一體
溫潤的美德互通互濟
千年有多少高士，佳人
一手接一手傳來這緣份
問你是否還一一記得
你卻什麼都不說，只顧
依偎在現世主人的

和闐白玉手鐲：范我存攝

臂腕，爲她靜靜地守身

——二〇一〇年五月七日

——原載二〇一〇年七月五日《聯合報》

蠡湖

據說這一帶，煙水迷濛
就是范蠡帶西施，當年
扁舟飄飄，櫓聲渺渺
從歷史的後門失蹤

始於正史而終於傳說
該是最可羨的結局
功成身退，而青史永垂
美人遲暮，不許人偷窺

隱於五湖麼，是哪五湖呢？
江南有的是水鄉
那許多江湖，來帆去櫓
害舟人指點，究竟是何處？

只有眼前，五月的黃昏
這一泓煙水最誘人
小名蠡湖，正是太湖的最寵
用范蠡的背影命名

回頭向我存一笑
我說：「姓有多好
蠡湖不就是范湖麼？」
把若江和堯明都逗笑

「這一片太湖的內灣」
我說：「原來是一面妝鏡
西施所遺留，卻難忘倩姿
竟生出如眉的垂柳」

笑聲才歇，天色已昏
湖上所有的亭台洲渚
從黿頭渚一直到寶界橋
一一都隱入了薄霧

——二〇一〇年六月二十五日無錫
——原載二〇一〇年七月二十日《聯合報》

小詩題傘

撐傘，是出發
收傘，是到家

帶傘，是先見
掉傘，是常情

借傘，是藉口
還傘，是有心

共傘，跟誰呢
當心，是緣份

傳說

傳說公雞一叫亮黎明
群魔就通通趕回酆都
而今公雞已經不叫了
所以大白天也幢幢
街頭巷尾都充滿鬼魂
貪婪的，說謊的，抹黑的
尤其是在選舉的季節
在五都

太陽點名

顯赫的是太陽的金輦
絢爛的是雲旗和霞旌
東經，西經，勾勒的行程
南緯，北緯，架設的驛站
等待絡繹繽紛的隨扈
簇擁著春天的主人
一路，從南半球回家

白頭翁，綠繡眼
嘀嘀咕咕的鶺鴒

季節好奇的探子，報子
把消息傳遍了港城
春娣和文耕帶著我們
去澄清湖上列隊迎接
太陽進城的盛典

春天請太陽親自
按照唯美的光譜
主持點名的儀式
看二月剛生了
哪些逗人的孩子
「南洋櫻花來了嗎？」
回答是一串又一串
粉紅的纓絡，幾乎
要掛到風箏的尾上

或垂到湖水的鏡中
「黃金風鈴來了嗎？」
回答是一朵又一朵
佩上一柯又一柯
豔黃的笑靨太生動
連梵谷都想生擒
「火焰木來了嗎？」
回答是一球又一球
襯著滿樹的綠油油
把亮麗的紅燈籠高舉
烘暖行人的臉頰
「羊蹄甲也到了嗎？」
回答是一簇又一簇
淺緋淡白的繁花
像精靈在放煙火

燒豔了路側與山坡
「還有典雅的紫荊呢？」
回答是慘綠黯紫
顯然等得太久了，散了
「還有，」太陽四顧說
「最興奮的木棉花呢？」
一群蜜蜂鬧哄哄地說
她們不喜歡來水邊
或許在高美館集合
不然就候在高速路
從楠梓直排到岡山
不如派燕子去探探
要是還沒有動靜
就催她們快醒醒

——原載二〇〇九年三月十六日《聯合報》

策勒的來信

遠方的一封來信，封面雪白
地址寫「台灣中山大學
余光中老師收」，封底三張
郵票，一律綿竹的水版年畫
有關公提刀，張仙射狗
雙禧童子，上面蓋著圓戳
長仿宋的字體，說投信人
遠在新疆策勒，投信那天
已是去年十二月七日
推算這魔毯長途飛行

迄今已超過一個月了
沒有台北的印戳，奇怪
這不明飛行物究竟
是怎麼入境的。郵戳下方
還有神秘的曲線和三個
小黑點，該是回文吧，去夏
在突尼斯的街頭常見

一個多月的長征，從大雪
歷冬至到大寒，從西北
到東南，是經由烏魯木齊
飛上海，再橫跨海峽的嗎
或者，且容我放縱想像
是夸父的逆向，從崦嵫
向蓬萊，像一隻白鷹凌越

皎皎的崑崙，神州之根，凌越
高昂的青藏，亞洲之屋頂
更超雲貴，河谷深邃如皺紋
滄桑在老者的額上所鑿
峰巒突兀如簷角，再跨南嶺
與海峽，終於飄落我掌心

「究竟你怎麼飛來的？」我問
白鷹不㗅，只有郵戳默然
像對我眨眼。兩頁信箋說
「我是大漠中您的讀者
附上明信片，望您在上面
題字，簽名。」我題了又簽了
如他所願，航掛寄回
從海峽起飛，這一羽白鷗
幾時，才能到他的手呢

只留下策勒的來信，握在
吾妻的手裏，她說那大漠
塔克拉瑪干接柴達木
一縷絲路不絕如細絲
正靠近和田，古稱和闐
是羊脂白玉投胎的母胎
說她左腕所戴，隱隱
有沁痕的玉鐲，正是出胎
千載的嬰孩，不知還記得
母懷麼，幾時啊才能夠
沿著玄奘的腳印，帶她
沿著駝蹄犛蹄的痕跡
一路回到她玉鄉的故鄉？

——二〇一一年一月二十日

——原載二〇一一年二月二十一日《中國時報》

謝渡也贈柑

——笠澤鱸肥人膾玉
洞庭柑熟客分金
（蘇舜欽〈望太湖〉）

宅急便專送的水果盒
究竟，送來了什麼呢？
黃橙橙，圓渾渾，十六隻
排成雙層，是超小南瓜麼？
不，是塞尙和高庚都無緣
調色寫眞的那種純金
更無緣剝開來煞饞，解渴

像我的口福啊，此刻

托在手上剛好一滿掌
像一球扁圓的幸運
青蒂正當北極，經線隱隱
用那樣天真的弧度
抱住皮層和皮下的瓣瓤
渡也說，是橘中的貴族
名叫茂谷，系出東勢
身家上溯到新大陸

東勢果農手栽的名種
輕易不會紆尊在果攤
我卻一刀直取它心臟
抵抗力不弱也不強頑

紅皺多鮮豔而又多汁
那樣慷慨地迎我唇舌
沁我老饕無饜的肺腑
卻用那樣的薄皮盛住

內容與形式最妙的妥貼
勝過任何豪奢的包裝
難怪屈子要朗頌橘賦
后皇嘉樹，橘徠服兮
受命不遷，生南國兮
難怪隔代的詩人渡也
要把這一隊紅衣使派來
南島的最南端慰我渴慕

附註：茂谷柑為美國柑橘專家Charles Murcott Smith在一九二二年培育成

功的上品，即以其中名命名，亦稱 Murcot orange.

——二〇一一年一月二十七日

——原載二〇一一年二月十八日《聯合報》

附錄

謝余光中教授贈詩

渡也

橘生東勢
已在山上等候很久
活著，就是爲了見詩人

受渡也命，遷南方兮
十六個茂谷柑，心裡很急
從台中奔向光中

詩人說一刀刺中柑橘心臟
光也刺中心臟

橘未呼救，卻有驚喜
一顆顆驚喜，從光中
奔向腹中，啊，腸胃感到甘甜
橘也覺得甘甜

然後吐出一首現代橘頌
圓渾渾，香香甜甜
立刻從光中奔回台中

多汁多肉的太陽
去高雄，溫暖那位大師
紛縕宜修，姱而不丑的好詩
來台中，餵飽我這老饕

・過年前我寄東勢茂谷柑給余光中教授，他立刻回贈〈謝渡也贈柑〉大作，今試和一詩。

——原載二〇一一年三月八日《聯合報》

客從蒙古來

有客從蒙古來
我帶他去八樓的看台
看海。他吃了一驚
說，沒見過這麼多水
集合在一起。我說
也不能想像在你家
有那麼多用不完的沙
讓駱駝亂蓋蹄印
說著，主客都大笑
直到流下了淚來

我說，在我們這邊
總覺得水太多了
就留下一片地做沙灘
又覺得你們沙太多了
就叫你們家做瀚海
是瀚海呢還是旱海？
說著，主客又大笑
直到他背後似乎
隱隱，有沙塵暴崛起
而我樓下的沙灘
暗暗，正鼓動著海嘯
立刻，我們止住了自己
揮走了沙塵，斥退浪陣
他贈我一漏斗細沙
說，久了，蒙古會漏完

叫我及時去瀚海
我贈他半瓶鹹水
說，久了，海峽會乾掉
叫他莫忘了西子灣

——原載二〇一一年九月二十七日《聯合報》

某夫人畫像

歐洲風精品店的大帝國
佔領了全世界的機場
L. V., Gucci, Fendi, Bulgary
不用英文，用法文，意大利文
都無力叫她回頭一顧
最俏，最夯，最酷的時尚
也追不上她更矯捷的健步
而她急於擺脫掉隨扈
反潮流一般急於追趕的
是最慢最苦最土的貧童

那些弱勢弱智化外的孩子
把他們擁抱熊抱在懷中
她投身其中的窮鄉僻壤
荒瘠得種不出選票，鈔票
她排隊總愛排在隊尾
入座常常不坐在前排
她的奢侈是體育和文化
一球精準地投入雲門
眈眈的鏡頭再尖，再快
也捉不到半粒克拉的首飾
對名車，遊艇，盛宴或豪宅
慚愧，她真是無趣又無知
她眼裏似乎無貴又無富
這未免太過不近人情
你要去找她說情喬事嗎

我勸你別費事了，聽說
她家透明得藏不了八卦
卻又閉塞得沒有後門
時裝界，美容師，狗仔隊
眞掃興，都不知何處下手
百年難一見，你眞的，我問你
要把她換一位夠闊的夫人？

——原載二〇一一年十二月十二日《聯合報》

洛陽橋

刺桐花開了多少個春天
東西塔對望究竟多少年
多少人走過了洛陽橋
多少船駛出了泉州灣

現在輪到我走上橋來
從橋頭的古榕步向北岸
從蔡公祠步向蔡公石像
一腳踏上了北宋年間

當初年輕的父親或許
也帶過我，六歲的稚氣
溫厚的大手牽著小手
從南岸走向石橋的那頭

或許母親更年輕，曾經
和父親一同將我牽牢
一左一右，帶我在中間
三個人走過了洛陽橋

想必蔡公，造橋人自己
當年曾領先走過此橋
多感動啊，泉州人隨後
逍遙地越過洛江滔滔

越過洛江無情的滔滔
弘一的芒鞋，俞大猷的馬靴
惠安女綉花鞋的軟步
都踏過普渡的洛陽橋

潮起潮落，年去年來
匆匆過橋，一代又一代
有的，急急於趕路，有的
在扶欄與望柱間徘徊

最後是我，晚歸的詩翁
一千零六十步，疊疊重重
想疊上母親、父親的腳印
疊上泉州人千年的步音

但橋上的七亭九塔，橋下
的石墩，墩上纍纍的牡蠣
怎認得我呢，一個浪子
少小離家，回首已耄耆

刺桐花開了多少個四月
東西塔依舊矗立不倒
江水東流，海波倒灌
多少人走過了洛陽橋

——二〇一一年五月四日
——原載二〇一一年六月二十日《聯合報》

洛陽橋南端北望

詩贈夏高

遠遠地，在白俄羅斯
在東正教莊嚴的上空
有不明飛行物飄過
流星雨說，不能怪它們
這不是星雨的季節
極光，蜃氣，都未受干擾
是馬克和他的新娘窈窕
那麼瀟灑而又綢繆
在一切煙囪與夢之上
一切孵夢的屋頂

凌虛躡幻在飛行

憑什麼牛頓的天體力學
要禁止戀人的衝動
不准公雞太火紅
不准藍魚拉小提琴
不准調色板偷虹彩
不准老掛鐘盜走時光
不准懷幼犢的母牛
孕著透明的胎動
憑什麼禁他們一塊飛翔
曳著蓓娜的裙帶、窄鞋
漫天的乳香，麥香，草香

畢卡索贈他陰陽的假面

陽是蓓娜，陰是他
讓他們貼合成一臉
馬帝斯贈他亮麗的紅氈
好陪嫁蓓娜的赧顏
讓婚禮變成馬戲吧，讓他
伸頸轉頭在半空
向驚訝的新娘索一吻
說漫長的一生短如蜜月
有時是滿月，戴著月暈
有時是一鉤，鉤著耳環

最流行巴黎的緋聞
說艾菲爾鐵塔的上空
有一群幽浮在旋轉
只等 Pablo 跟 Henri 讓出

天半的晶藍做戲台，也許
不是幽浮吧，是隕石
輕得一時還不肯著地
幸福繽紛，像降落傘降落
奼紫嫣紅的霞暈寵壞了
巴黎最愛挑剔的眼睛
也寵壞了，哎，唯美的我們

附註：Chagall坊間多譯「夏卡爾」，譯成「夏高」，比較逼近原音，何況「高」更能暗示他畫中的人、物都會飛升。畢卡索贈他假面為婚禮，乃隱喻畢老的人面變形啟發了他。馬帝斯贈他紅氈，也隱喻野獸派亮麗的大幅色塊。

——原載二〇一一年八月九日《聯合報》

富春山居圖

——名畫合璧慶中秋

長卷已六百歲，山河仍不老
迢遞百里的富春江
八旬黃公縮地有仙術
巧腕妙運，無中生有
召來如許的峰巒起伏
沙渚錯落，石磯三五
林中儼然有村屋半遮
漁父與樵夫，更有高士
是子陵嗎，出沒於其間

三百年前的火刦得救
水墨點染的心血長留
縱畫分兩岸，人辯眞僞
也不阻造化再造來眼前
換代換不了華山夏水
一灣海峽豈信是天塹
名畫分久終合成完璧
一輪高懸共仰望中秋

鳳凰木頌

台南府，鳳凰木
高冠穹張成半圓
為富麗的盛夏加冕
赤膽照人的花簇
染紅了多情的驪歌
一年一度的火炬啊
從記憶的深處傳來
向希望的遠方燒去
豐羽複葉梳風而飛舞
傳說傳來的鳳凰

從火浴中甦醒而新生
樹根的生機，像破土而出
樹頂的氣象，像自天而降
鳳尾森森，吐音細細
台南府，眞壯麗，有鳳來儀

生日卡

紅燭是你的光輝最亮
蛋糕是你的滋味最甜
爲什麼我們如此高興
因爲太陽又回到這一站
三百六十五站
只有今天
是你生命珍貴的起點
和我們從此結緣

時代之眼：台灣百年身影

——為北美館攝影展而寫

攫住美與滄桑

黃龍旗換成了紅心旗
爲島神勾魂攝魄
也換了鳥居龍藏，八百張
玻璃乾版底片，鏡頭朝北
從打狗到六龜，沿著荖濃溪
到台北府、內埤、大稻埕、淡水
你見過有人站在戶外
張大了口讓醫生拔牙嗎

泛黃的老照片說，它見過
馬偕大夫甘心做山寨醫師
你見過萬華戲院沒屋頂嗎
黑白的舊照片說，慶祝上梁
賀客濟濟都擠在鷹架岌岌
從林草到張照堂，從郎靜山
柯錫杰到莊靈，多少快門
把善遁的時光攫住，爲我們
珍藏了台灣之美與滄桑

瑰奇的祖母綠

最初是葡萄牙人的瞳孔
反映這美麗的海島
驚呼了一聲 Ilha Formosa！

一塊瑰奇的祖母綠
用潔白的浪花鑲嵌
別在南中國海的胸前
讓西班牙與荷蘭的水手
都望呆了眼。羽禽起落
鹿角出沒，帆檣來去
最後是明末孤憤的大纛
由北望的國姓爺升起
但這寶島的魂魄，第一眼
被攝影機善憶的鏡頭
捉住，卻是在十九世紀
同治十年，那就是清朝了
多少追思要回溯，都是從
斷垣頹壁，不斷倒帶又停格

——原載二〇一一年三月二十五日《中國時報》

核桃

紋路縱橫遍佈了一身
是甲骨文，龜背或古盾？
閉關自守，頑不吐實
嚴封而密罩，無計可施
攻堅，唯有高壓的武力
鏗一聲才破得了城
其餘只剩零星的巷戰了
原來如此啊，外強中乾
還皺成一團，沒有廣場
沒有一條正街或直巷

一切委屈都爲了求全
有哪位幾何學家能夠
把如此複雜理成秩序呢？
結論，未必能滿足過程
——恰似破一首難入之詩
是愈挖愈深終成了金礦呢
還是被誘入一座空城？
除非拔城擒帥，又怎能
分辨是中計或佔領？

——二〇一二年二月十二日
——原載二〇一二年三月四日《聯合報》

頌屈原

王冠不銹能傳後幾代呢
桂冠不凋卻飄香到現在
秦王的兵車千輪揚塵
何以一去竟不返
楚臣的龍舟萬槳揚波
卻年年回到江南
回到嶺南，回到海南
更回到，今日，海峽此岸

——二〇一三年五月癸巳年端午

——原載二〇一三年六月十二日《聯合報》

給燕子

寒流一退，春分的信差
紅磚的長廊就飛掠而來
一列列排柱又穿越而去
嚦嚦清脆如灑落細雨
此刻無心，竟歇在我窗台
背對著戶內，面對著海
難得近窺的小飛俠
毛絨絨不馴的一握
（肯讓我捧在掌心麼？）
纖巧不過十五、六釐米

黑鵞收攏，細爪鉤著台緣
背羽反光如鴨，閃著異彩
那麼靠近，我眞是有幸
疑是遠自小時候飛來
或是更遠，從黃曆或古詩
沿傳說一路追來，這麼
念舊，卻不能逕稱是家禽
就算童年，在樑上，簷底
也不肯放心容我親近
文學院的紅磚雖然醒眼
卻晚了，已無瓦更無屋簷
黑影一條，已破空縱起
歐幾里德加笛卡爾
再怎麼分析都來不及
怎麼就那麼漫不經心

一鼓翅一剪尾一旋腰身
無端就召來海風陣陣
將你的輕功送上半空
難逃利喙有多少昆蟲
大氣浩蕩，一切都爲你閃開
無往不利成冰上的廣場
任你恣意地盤來旋去
急煞而改向，變速而逍遙
即興之舞全憑著藝高
透明的軌跡揮霍不盡
笛卡爾，潘卡瑞，就算合力
用平面幾何與立體幾何
大代數，微積分苦算的結果
也瞠目其後吧，難以解析
何況我，數學沒有及過格

滄桑之餘，憑這雙倦目
再驚喜豔羨，又豈能追蹤？
從前，我也有羽毛，也烏頭
可是你怎能認出這白頭？
怎肯認我做飛的同伴？
儘管老來此身仍抖擻
我原是燕子磯頭燕呢
久成了西子灣頭叟
沒用，我的話你根本不懂
應我的，只是呢呢，喃喃

——二〇一二年四月八日

——原載二〇一二年四月三十日《聯合報》

風箏

一道透明的通天梯
那一頭到底
要搭在什麼上頭呢？
那麼陡峭的斜坡
要把誰啊接上去？

不能再抽象的長—頸鹿
要伸到世外去窺探
地平線後的虛實麼？
只爲告訴下面

所有的望眼說
什麼也沒有，其實
經線又能怎樣
緯線又能怎樣
子午線貫日又能怎樣？

都市之囚，有人歡喜
蹓狗，有人歡喜放鳶
讓它牽著地面
所有豔羨的視線
束成一輻輳的焦點
尋找被天擄走
卻又被人拉住
那一點矛盾的平衡
你說，總有一天去塞外

沿著河西的長廊
眞正把它放生
成大漠的孤煙——直
——斜一些也無妨
（王維的水墨畫反正
不用界尺）也不會妨礙
長河之圓，牽，一輪落日

但都市那獄卒
總不肯放你
紅燈紅燈又紅燈
睽睽地監視著你
手機手機更手機
逃不出阿刺伯數字

所以在停車的瞬間
從燈號紛繁的縫隙
有一瞥箏影，突然
在一切的外面嘶喊
在一切的上面說道
只要有人肯放生

這一天至少
不統，不獨，不武
不選，不拼，不酷
偶然閒得會忘憂

——二〇一二年二月六日
——原載二〇一二年三月二十三日《中國時報》

白眼青睞

——贈黃文龍醫師

孿生的一對水晶球
八十多年前母親所贈
靈魂折射之窗
最有深度的潛望鏡
而第一次窺見的
哦，奇蹟，正是母親
其實我當初的胚胎
也不過是一艘潛艇
泡在印度洋一般

她暖流的洋水之中
我矇懂的一推一踢
她都用聲納在收聽

這重禮怎麼報答得清
印度洋早已結了冰
連地球暖化都不能解凍
只留下這艘潛艇
在人海的深處仍浮沉
港灣呢，錨鍊呢，救生圈呢？
只留下這一對水晶球
日漸渾濁，渺渺失眞
曾經如炬的，竟然如豆
先是近視，繼而散光
鏡架的重負壓低了鼻樑

遠視，也尋不見母親
黃醫師推開驗光架
說，白內障尚未成熟
青光眼，要小心，是慢性
我眨著泛紅的眼睛
只能苦笑，不知道應該
報之以白眼，還是青睞

——二〇一二年八月二十三日

阿里山讚

春季爲何總如此年輕
山雀和蜜蜂究竟
對櫻花說了些什麼

秋季爲何總如此清醒
銀杏和青楓究竟
對風霜說了些什麼

神木爲何總如此沉靜
古老的回憶究竟

內心轉多少層年輪

高山為何總如此鎮定
斜坡和絕壁究竟
是怎樣的去脈來龍

這一切，只有太陽知道
這一切，造化之功
連史前的造山運動

只有祂，永遠如此年輕
每天把台灣喚醒
為阿里山加上金冠

一頂金冠，尊貴而燦爛

用霞火煉丹而成
全世界共仰的壯觀

——二〇一二年八月四日

水中鷺鷥

一鷺鷥獨立在水中
讓孤影粼粼
終止於靜定
哲人說，那是空
僧人說，那是禪
詩人說，那是境
攝影家說，不要動
鷺鷥說，那是魚
只低頭一啄
就破了，剎那的幻境

——原載二〇一二年十一月二十日《聯合報》

拱宸橋詩會

茱萸的重九，不佩茱萸
登高的佳日，也未登高
詩友文朋卻來了不少
不上酒樓卻入了舒羽的
咖啡雅座，雕花的亭閣
斜對著拱宸大橋，兩側
拱起了陡坡，橋墩在中流
雄踞著趴蝮，龍生第六
遙望若獅，朦朧得驚人
橋影在窗格子外，那運河

水聲滔滔猶似一千多年前
今夕卻爲現代詩配音
伴著衆詩人所誦：空山松子
白玉苦瓜，珍珠項鏈，三生石
爲越海歸來的詩翁朗吟
最後是「登高能賦」，歐陽江河
大筆所書贈。座有故人
一甲子後攜琴來相聚
先師高覺敷的公子，文革劫餘
猶守住古琴的穆肅，不讓
紅衛兵破盡四舊，一曲《良宵引》
七弦泠泠撥罷，四座無聲
不久繼起有古箏，《高山流水》
奏者是好客的女主人
琤琤琮琮，一起一伏

纖手招來了遠古的情操
與今夕滿座的群賢，成爲
錢塘一盛會，也令我晚年
重九未虛度，何況更是
在客中，在亙古的運河聲裡

——二〇一二年十月

斷橋殘雪

橋本不斷，雪尚未來
迤邐西去是一堤錦帶
長安居，人識大不易
錢塘居白公幸有長堤
西向沒入晚唐的霧裡
遙接煙波更渺的蘇堤
更南下，仍是北宋的江山嗎
青石欄杆，碑亭御題
飛簷翹角，更有水榭玲瓏
黑底相襯匾書的金字

正是「雲水光中」，十景起點
湖光向西南開展，就算
橋真的斷了，多少故事
與柳線爭長，怎能就了斷
一陣風來，皺了西子的妝鏡
吹不開烈士的背影，倒影
悲劇遺恨，有民俗來收場
又是一割秋分，再圓秋月
秋風秋雨，唉，愁殺了秋瑾
風波難平岳墓的心情
更傳說許仙和白娘子
在此相遇，也在此重逢
一念不泯，此心猶耿耿
雷峰再高壓豈能夠重鎮
夕照不忍，一日一回顧

你聽，煙水茫茫正黃昏
傳來錢塘的江潮，隱隱
要招究竟是誰的亡魂

——二〇一二年十月於杭州

尋桂

只怪我來晚了一步嗎，秋天
竟不肯等我一等
秋天特有的體香，金桂
最動人秋興，誘鼻好聞
若桂在月上是秋之魂魄
則桂在人間，年年
該是秋之使者。只怪我
來晚了一步，未名湖濱
錯過了那使者的清芬
此刻卻南下繼續追尋

到太湖專寵的蠡湖
湖畔的另一片校區
多麼懷古，以江南為名

要怪你來晚了一步
無錫人答我，苦笑淺淺
秋分一割見昏曉
中秋再滿有盈虧
叢樹綠油油蔭蔽滿園
悵悵地我走過江南大學
多水的校區，正要離去
要親桂只能待來年
我安慰著自己，驀地

有一片異香順風躡來

輕輕拍我於肩後
回頭細尋，青柯翠葉的密處
竟躲著簇簇的金蕊
回憶的捷徑，所謂嗅覺
入口竟如此深藏
東吳的腹地，漕橋的舊鄉
那許多表兄表妹，一房又一房
白蠶蠕伏於綠桑，一匾又一匾
斜落運河的石階，一級又一級
稚小而多難的歲月，一季又一季
沿著桂香一縷的捷徑
在驀然回首的彼端
正天長地久地在等我

——原載二〇一二年十二月十三日《中國時報》

不甘秋去

清晨猶枕著一片涼霧
卻翩翩飛來兩只鷺鷥
風景，一下子就醒了
這一帶有的是密林森森
那樣的豪翠鋪張十里
就爲了陪襯如此的皎白
一瞬間四翼起伏多瀟洒
我出神的童心，終於
回到了陽台上來，發現
此身猶戀戀，在江南

海峽對岸，最後，還是要回去的
此岸，對岸，那邊是家呢
我不是回來了嗎
爲什麼又要回去
從上游一直到下游
桂香千里與長江比長
白桂，金桂，又丹桂
那麼珍貴的秋興又秋情
只怪來晚了，無計留秋
她便與我，相挽偕老
遲歸江南的歸人
每天尋遍校園的遲桂
只爲貪採枝頭的蜜蕊
像一對不甘秋去的蜜蜂

妄想把江南的童年
帶回去釀成蜜餞

——原載二〇一二年十二月十四日《聯合報》

盧溝橋

你見過西方的獅子嗎
銅雕的萬獸之王
踞守著陵墓或殿門
或保衛匯豐銀行
竣拒貧戶的高階
那長鬣披肩的氣焰
曳著勁尾，栩栩如生
時常，會令人暗吃一驚
旋即又覺得不值一笑
畢竟是假的，當不得眞

中土的獅像多用石鑿成
鎮守的也是牌坊或廟門
卻首大於身，不成比例
前足控球的雄姿，比美
龍爪攫珠的氣勢
不然或按著幼獅，威武
而不失仁慈，而有時
幼獅會戲弄母親胸前
懸掛的鈴鐺，甚至恃寵
會攀附在母親的肩上
獅口常開，排齒那麼整齊
簡直幾何化了，有些可笑
但為何我會更加怕他
為何會認定他只要一吼
會傳遍陰間每一個角落

牛鬼蛇神都肅然而恐
認定我身後如果有墳
不妨有一尊能來坐鎮

今年九月有北京之行
兩個不忘抗戰的兒女
（背負過南京大屠殺
仰望過重慶大轟炸
夢魘深處仍可聞當年
逃難的歌聲，義勇軍進行曲
一唱起，仍能教心血沸騰
仍感覺少年的天上
轟炸機遠多於風箏
夷燒彈的煉火烈於彩虹）
最先去吊的一處「古蹟」

便是這盧溝橋，早在元代
馬可波羅已嘆爲觀止
抗戰的第一槍從此開始
天上有七七，織女牛郎
地上有七七，國破家亡
盧溝橋，大難的見證
七百頭獅曾激發吼聲
我一路愴然，踏過這古橋
半公里的祭拜，帶撫帶拍，
頑石雖冷，抗戰仍熱
觸手鬚張目嗔的神情
七十年後猶熾著餘怒
「委屈你們了，不甘的獅魂」
健忘的後代早已忘懷
深深地，唯你們記住

牢牢地，唯你們守住
七十年久的風霜蝕刻
唯你們，刻骨地，仍記住

——二〇一二年十二月二十九日
二〇一三年五月修訂

我的小鄰居

在我書房朝西的一面
冷氣機半遮的窗台上
有一個悅耳的小鄰居
我的戶外是牠的戶內
偶爾會聽見牠在婉囀
隔壁無心的一曲輕歌
牠不知牆內的知音是誰
是不是詩人更無所謂
我也不知道歌者是誰
究竟是綠繡眼呢或並非

更不知該如何請牠來戶內
只能猜這無戶籍的鄰居
也許是掠食我盆景的飛賊
有一盆小金橘，滿枝纍纍
只留下三五啄餘的殘顆
但何必計較呢，我想
　牠何曾計較
　　清晨或黃昏
讓我偷聽忘憂的歌聲

——二〇一三年一月
——原載二〇一三年二月一日《聯合報》

問答

——題蒲添生雕魯迅

不似羅丹所敲鑿
那麼苦苦地思索
也不似古希臘
雕刻的那麼赤裸
唐裝，蓄髭，托頣
怔怔地望向未來
他深深關注的
該是我們這時代
眞想回答他說

和你的時代相比
不會更好或更壞
智者仍然在沉思
勇者仍然在堅持
縱然我們未成功
幸好，也尚未全敗

黃金風鈴

黃金風鈴，是誰所命名
是誰，在河堤左岸
一夜間將金鈴搖醒
金鈴叮噹，叫醒了
我們飢餓的眼睛
都出來陽台上張望
指認迎春的旌旗
忽然在驚蟄後趕來
來等待太陽點名
肆無忌憚的豔黃

後期印象派所揮霍
怎能不趕快
下八樓去親近
一樹樹，天眞的奇蹟
一簇簇，唯美的陽傘
緋紋並織著五瓣
探入含羞的蕊心
問你是誰呢，黃金風鈴

——二〇一三年四月十三日

阿里朝山

一縷芬多精牽我的鼻子
神木長老所派遣
一路盤旋又迴轉
把我誘上了阿里山
兩千米海拔的驛站
九重葛和一葉蘭，遲櫻
和杜鵑，一一來招呼
用芬多精或是芳多精
用近馥或是用遠馨
來寵上山的凡人

一番驚寵終於入了境
只覺得參天高寒有樹影
向人幢幢地圍來
提醒我，黃昏的典禮
由夕照親自點名，所有的雲
都一定出席，不可錯過
便排我在現場的一角
屏息見證，壯觀了全程
直到霞旌和霓旗，紛紛
擁走了耀眼的日神

當晚，主客都約定
冒更冷的凌晨起身
到更高的塔山對面

去迎接前夕送走的
日神更氣派的凱旋
才五點，人影已危佈在絕巔
檜柏森森也難掩
鍊丹爐漸旺的火光
看台上乍一陣喝響
祂來了，祂來了，祂來了

那許多先導
那許多隨扈
那一切招展
那一切部署
那懾人的排場
那駭目的揭幕

——二〇一三年四月二十三日

誰來晚餐

斷莖殘梗的粗砂地上
有一具蜷曲的軀體
在爬。畸形的四肢
在困難地蠕移，幾乎
撐不住重大的頭顱
像一隻黝黑的病蛙
又像是蝙蝠，只剩了骨架
再也飛不起，趴在地下
蘇丹太荒瘠，非洲太大
牠只能勉強地一寸寸爬
爬，爬，爬，比蝸步更慢

終於力盡了，降服給熱砂

五碼外，早落下一頭禿鷹
管牠棄童，飢童或病童
鎖定了他穩贏的獵物
那黑童仆而再繼
倒馬拉松式的慢爬
無神可禱的長空下
仍夢想著遼遠的救濟站
還在等牠，卻渾然不察
僅僅五碼外，背後的獵者
尖喙，利爪，遠比聯合國近
也飢腸轆轆，也正在等牠
一撲就到口的晚餐

——二〇一三年四月三十日
高雄市美術館普利澤攝影獎觀後

哭碑 之一

國殤公墓的青草地上
她別無去路，除了
把一面大理石碑
緊抱著，忍聲痛哭
只剩下這一塊碑了
裏面的鬼過不來
外面的人進不去
一道三八線橫阻了今昔
而除了無助地哀哀哭泣
她還有什麼選擇呢

從她的熱懷裏戰爭突地
奪他去空投給越南
再還他縱使蓋著星條旗
美麗且哀愁，吹著熄燈號
禮炮隆重得驚天動地
眞能夠喚醒亡魂嗎
只剩下這塊三生石，不，
三死石，刻著：二次大戰
韓戰，越戰，有倖，有不免
縱石匠辛苦地敲鑿
刻溝再深，眞深得過
她深耕的額紋，痛得過
她碎裂的傷心

——二〇一三年五月五日
高雄市美術館普利澤攝影獎觀後

哭碑 之二

緊緊抱住大理石墓碑的
是她絕望的雙臂
緊緊貼住大理石碑壁的
是她淚燙的臉頰
一塊白石界開了兩個世界
她無法抱住那傷兵
（當時他遠在地球背面）
更無法抱住那裸身
（像她做新娘的那晚）
二次大戰，南北韓，越南

她和戰爭拔了三次河
一失手終於輸給了死神
只剩下這一塊冰冷的頑石
爲她的虛無留一個替身
讓她的雙手可以依附
而她的熱淚有法投訴
　一滴又一滴
　一股又一股
來澆灌乾旱的草地
陪伴她無主的孤寂

——二〇一三年五月六日

西子樓

海峽浩蕩是前景
壽山巍峨是後台
日月與星辰是大壁畫
更有長堤伸出了雙臂
一左一右，將燈塔舉起
引進七海來歸的舳艫
壯闊的劇場正在等待
一位主角來演出
天風與海濤都在呼喚
美麗的預言正在等待

來吧，西子灣等你到來
西子樓等你來登高
晚霞正晝夜交替
等你上樓來觀禮

附註：中山大學前門正對高雄港北面入口，門外之校友會館新建落成，我為之題名西子樓。樓高三層，巨舶進出，左有旗津之絕壁拔起，右有柴山之峻坡遙衛，海峽日夜浮於堤外，更一望無涯。杜甫詩「門泊東吳萬里船」，恐猶不足盡其氣象。

——原載二〇一三年五月二十六日《聯合報》

蒙娜麗莎

無論希特勒如何咆哮
　蒙娜麗莎
總是輕輕地含笑

無論史達林如何警告
　蒙娜麗莎
總是淡淡地帶笑

無論紅衛兵如何鼓噪
　蒙娜麗莎

總是淺淺地匿笑
無論達芬奇的密碼怎解
　蒙娜麗莎
總是神祕地偷笑
無論木槌拍賣了幾億
　蒙娜麗莎
總不改她的笑意
無論被盜走或是追回
　蒙娜麗莎
總是同樣地名貴
無論我此詩發不發表

蒙娜麗莎
怎麼會收起倩笑
無論痖弦說有無必要
蒙娜麗莎
一徑如此地睇笑

藝術史，排行榜，眞蹟或贋品
蒙娜麗莎
總不肯開口置評
牙痛乎，心悸乎，其他隱病乎
蒙娜麗莎
只望著醫生痴笑

都過了五百多年了呢
誰見過蒙娜麗莎不笑

——二〇一三年七月二十六日

佛光山一夕

初八的山月，一盞
淡金的長明燈
就那麼供在
佛陀坐姿的面前
任雲紗拂撩

在傘蓋的樹香下
樹的名字，滿益說
叫雀榕，青果細密
卻瞞不了

附近的栖鳥

永芸說，在此高栖
會看淡高雄的紅塵
似是前生的記憶
且莫急於
再向那下界投胎

夜色漸深
蛙噪有一點放肆
卻難掩谷底
有水聲泠泠
一路來告密

永芸笑道

此即法水長流
我說，月有虧有滿
也不妨當作
法輪長轉

月色正好，露水不重
回空房誰能甘心
況且佛陀，祂
也還沒歇呢，期剋印
正合著與願印

後記：重九前夕，效桓景故事，偕家人（我存、幼珊）及弟子（黃秀蓮）上佛光山登高，宿於紫竹林精舍。佛陀紀念館，塔影巍巍，法相儼然，盡來眼底。益以月色，伴以永芸法師與滿益法師之娓娓清談，此境此緣，若不入詩，豈不空朝寶山。

——二〇一三年十月十二日

天兔

月滿中秋到秋分，拜月族
仰盼了好幾個夜晚
向太陰斑斑尋找
何處是托天桂柱，何處
是高不勝寒的蟾殿
卻盼來這麼一頭脫兔
不甘守株，不搗靈藥
逕自闖來了世間

正猜他何時會登陸

跨東經或北緯的羅網
竟滾成了一盤漩渦
雨仗風勢，向衛星雲圖
指點說，有七股白弧
是天兔的大耳，勁腿
正一輪又一輪
追趕著自己的尾椎

暴風圈同心圓的飛盤
來勢有誰敢接住
那著魔的大陀螺
是誰一鞭鞭在抽打
防波堤低於門限
十輪卡甩成了Lego
超，大，豪雨是兔溺嗎

面具後是什麼兇神

把頑固巨石吹下了山來
把天真黃鴨趕上了岸去
把浪子都困成宅男
電話的那端，香港人問
高雄的風雨厲害
不厲害，我說，你等著瞧吧
紅寶石的兔眼
後天就盯上了你們

——原載二〇一四年一月三日《人間福報》

記憶深長

記憶像鐵軌一樣長
像山線的隧道一樣深
像海線的窗景一樣遠
車站有短靠也有長靠
月台有長亭也有短亭
揮手有送別也有歡迎
便當有排骨和黃蘿蔔
點心有鳳梨酥和太陽餅
到站會重重喘一口氣
出發會筋骨一下子抽緊

一聲長嘯拖一道黑煙
枕木在風火輪下呻吟
未來的鐵軌當更快捷
一票就貫通地下的關節
但南來北去的乘客啊誰會
忘記從前趁車多趁心

——原載二〇一三年十一月十七日《聯合報》

拔海

——給生於風災的女嬰碧雅

被咒的千島南國
天兔之後再來海燕
你母親卻非燕子
重負滿胎，只能
在家村陸沉的外海
抱一截木柱漂浮
你睡在羊水中，怎知
母親在海水中正跟
豪雨和颶風交手

隨時會滅頂，沒於
一排接一排浪頭
這，絕非公平的決鬥
大哉母愛，贏的是母親
只憑著一條臍帶
竟敢與死亡拔河，不
——拔海

——二〇一三年十一月十四日
——原載二〇一〇年十一月二十七日《聯合報》

Casino

Sin of Macao,
A necessary evil.
宮殿一般的高門
是通向天國呢
還是向地府
貪與貧幾乎孿生
赤窮與驟富
乾坤一擲
全在輪盤
骨轆轆不可逆轉

不可停下
也無法不停的偶然

——二〇一四年三月三十日澳門

童心

童心是詩心的來源
天眞是天才的起點
童心是敏感的指針
永遠指向母愛的磁場
　永遠指向
母語深層的金剛石礦

——二〇一三年五月

二月嬰

無論這世界如何不足
白髮人臨去都戀戀不捨
無論這世界如何不安
小嬰孩，渾不由自主
仍紛紛向時代投胎而來
乳齒未萌，細拳緊握
尚未落地的腳底
十趾露出襁褓，一排豆粒
似斷猶連，剛脫了臍帶
暖洋洋的母胎成了史前史

保溫的洋水可有記憶
星雲叆叇是你的靈台
未來的世界完不完美
還不成問題，暫時
把樂觀或悲觀交給宗教
鼓動你吃奶的力氣吧
把你的世界含在奶頭
世界太大了，母親的手
是你唯一的把手
父親碩大的肩頭
是你依賴的靠山
這兩個貼身，乾坤還未分
連你自己也尚待體認
至於我；八樓的近鄰
魯莽闖進你視域的陌生

是第幾人呢，有一天
會變成你父母口中
一次忘年的偶然
一個緣份

附註：這女嬰是我近鄰評論家丁旭輝的女兒。

——二〇一四年一月十二日

——原載二〇一四年七月十一日《聯合報》

送夢蝶

孤獨王國九十四年後
終於降下了半旗
有一個號手向暝色
用黃銅深長的咽喉
吹奏送別的低調
邊界的另一頭
也不愁無人迎接
納蘭性德，黃仲則
蘇曼殊，弘一法師，周棄子
下午二時四十八分

哀沉的號音終止
然後是一片肅靜
二時四十九分起，聽
九重天上，一重一重
城闕開閉的聲音
所有天使都加了班

——原載二〇一四年五月七日《聯合報》

招魂

五月五，楚大夫
轉過你崔嵬的背影
等一等你身後的民族
讓我們趕上你吧
令旗招展，急鼓催渡
以離騷的高亢
加招魂的悵惘
向仲夏渺茫的江湖

大江東去，楚大夫

淘不盡你的傲骨
黃河西來，楚大夫
遙應著你的悲苦
守護你的，是一切水族
追尋你的，是整個民族
魂兮歸來，不可以入海
魄兮歸來，不能再放逐

都爲你而下水，滿江龍船
都爲你而分波，滿舷長槳
都爲你而懸掛，滿門菖蒲
都爲你而落肚，滿懷雄黃
五月五啊楚大夫
你高瘦的背影請一回顧
衆人皆昏唯獨你清醒

這時代尤其要你帶路

——二〇一四年六月二日

白孔雀

前身該是青鳥吧
竟然變成了白孔雀
　細喙長尾
或恐向童話翩飛
同樣神奇是配杯
飲者一壺在握
切莫將天機錯過
　提壺一傾
　醍醐源源
可忘憂而長醉

芭蕾

那麼高蹈的舞步
跟世俗幾乎不接觸
　力的平衡
　美的長駐
似乎有音樂在引路
　潔白無斑
　如此雍容
只能從烈焰中煉出
藝有藝的藝術
神有神的神通

半途

知了越譟越顯得寧靜
此生倒數，該是第幾個夏天
蟬聲再長，也只像尾聲了
與永恆拔河，還沒有輸定
向生命爭辯，也未必穩贏
敵人不缺，但朋友似乎更多
也更加熱烈。粉絲是夠多
夠闊了，倒是不世的知音
輕易不出現。光陰的迴廊
一瞥可驚，有自己的背影

似遠又疑近，倒是遠古
三閭大夫，五柳先生，大小李杜
卻近得像要對我耳語
自由是從心所欲，不逾矩麼
聖人說到七十就爲止
只爲更遠他未曾親歷
而我到此八秩有七了
有一天醒來會驚對九旬
行百里者，果眞，九十是半途？
不必了吧，誰希罕金氏紀錄
噓聲逆耳，掌聲卻未必
能搔到虛榮的癢處
幕前已經夠久了，何不
乘掌聲未斷就退入重幕
歷史在後台才會卸妝

而如果此心淡定，或許
眞能趕上梵谷的輪響
轆轆，渡吊橋而來
或許追隨坡公的杖聲
鏗鏗，叩木橋而去

——原載二〇一四年十一月三日《聯合報》

夢幻舞馬

夢幻舞馬！西方人怎麼把海
叫成mar，巧合得多麼生動
一匹馬單奔成流利的散文
兩匹馬並馳就成了駢驪
一排馬向你奔騰而來呢
飄鬃引領著長尾，肩膂起伏
馬蹄錯落，馬首昂揚成浪濤
向你衝來，怎麼得了這海潮
瞬間就將你淹沒若海嘯
那一夜，我們的脈搏加速

似乎跨上了昭陵六駿
不，何止六駿，是六駿用八乘
是震動天方夜譚的驍騰
是路西塔諾，是西班牙純種
不是來沙場奔突，投身殺戮
冒著矢雨和矛簇，不是來受鞭笞
來送軍機火急或荔枝新鮮
從海角的驛亭到天涯的終站
而是來自遠古，來帶領我們
拋下一切，再返回從前
當他們還是自由之身
在野之身，造化初造成
與人親近，做人的良朋
帶我們去大野放蹄馳騁
踹過大漠，繞過火山

穿過綠陰染頰的森林
穿過悠久的中世紀，文藝復興
似乎憑空我們添了四蹄
人馬一體，兩命合成了一心
直到馬蹄踏進了夢境
蹄音踏踏呼應著心跳頻頻
夢幻舞馬乎，馬舞幻夢乎
要進那世界，只需唸一聲咒
Cavalia，就叫開了門

——原載二〇一五年二月二日《聯合報》

第二輯　唐詩神遊

行路難

欲去江東
卻無顏面對父老
問子弟而今安在

欲去江北
卻無鶴可以乘載
況腰間萬貫何來

欲去江南
暮春卻已過三月

追不上雜花生樹

欲去江西

唉，別把我考倒了

誰解得那些典故

——原載二〇一三年一月二十五日《中國時報》

空山不見人

空山不見人
但峭壁多回聲
一聲咳嗽
似遠又似近
也許那人已轉過
右邊大斧劈的懸崖
早沒於蟠旋的松徑
空山無人
才眞是自在
鳥聲，沒關係

瀑布聲，更沒關係
但一聲不明的咳嗽
就亂了整幅禪機
你說是嗎，王維

——二〇一三年六月九日

桂魄初生

桂魄剛懷鬼胎
露水才濕秋意
輕薄的羅衫已難敵
要靠銀箏來挑撥孤單
即使彈落了三兩流星
又怎能面對夜色深處
一直在等我回去的空房
戶外，戶內
我究竟該留，該歸

——二〇一三年六月十三日

大漠孤煙直

一切都離你那麼遠啊
背景全退到了天涯
南宗水墨畫的宗師
竟超前實驗抽象畫
寂寞的天地間
下面，是一片黰黃
上面，是一片通赤
中間，豎一截詭灰
還倒映一道幻紫
但暝色收拾了一切

代之以全面的昏暗
只透漏一點點亮青

——原載二〇一四年六月十二日《聯合報》

下江陵

白帝乍發的一箭
不用拉縴
何需操櫓
驚動兩岸的猿猴
再鼓噪也止不住
海拔陡降怎算得出
動員李可染一排排峭壁
再攔也難阻
管他巫山巫峽
那一串串的典故

李白在船上耶
舵尾側側轉轉
浪頭起起伏伏
不到雲夢大澤
那氣勢怎煞得住

——二〇一三年六月九日

岱宗夫如何

齊國加魯國都放不下
你青綠無際的大排場
（這抽象畫簡直放肆）
是誰將造化的神秘
高高私藏在此中
陰陽共一脊，互成朝夕
（立體主義晚一千年）
雲海鼓動滿腔的元氣
縮地仙術在寸心
貪看暮色如何把歸鳥

趕入最遠那樹叢
（鏡頭只移了一下）
就害人把眼眶張痛
總有一天我索性從嶽頂
把這一切峰嶺崗巒
俯瞰成腳底的盆景

讀八陣圖

大斧劈劈出的
二十個方塊漢字
給你削成了四行
平仄有呼應
虛實更互補
我一入就不再能出
豈不也是
另一種八陣圖
撒豆成兵
布字為陣

大江滔滔
淘不空一首五絕
只留下這些頑石
歲月徒繞著空轉
再挽也不回的石磨
把歷史磨成傳說

——二〇一三年三月一日

楓橋夜泊

寒山寺被姑蘇城
關在了城外
已經夜半
卻關不住鐘聲清遠
盪過水面的空闊
直到夜泊船客的耳邊
一怔間，只驚於月落
烏啼霜滿天，幾點
失眠的漁火，對著
同樣無寐的楓橋

眞被催眠的卻是我們
千年後就著燈光
爲何永遠被崇
在一首絕句的現場

——癸巳年正月初二

登鸛雀樓

白日，已落到山後
黃河，前浪早入了海
至於後浪，源自雪水
還有得流呢，千年萬代
你眞要上樓去望遠嗎
就讓我陪著你吧
像穿越電影那樣
你帶我去指點盛唐
我帶你，唉
去回顧二十一世紀

泠泠七弦上

此心曾經敏感
像鑽石的針頭
輪迴於古典的紋溝
但一切都數碼化了
黑膠古道早行不通
泠泠的七弦上啊
已不聞松風寒了
飢耳，早難餐萬籟
其實，七弦又何用操勞
古樹根下

叢叢簇簇
多的是黃金針頭
儘可聽原始的松濤

附註：此詩本於劉長卿詩〈聽彈琴〉：「泠泠七弦上，靜聽松風寒。古調雖自愛，今人多不彈。」我早年傾心古典音樂，曾在美國買了許多唱片，狂熱的心情有如唱機的針頭，起伏旋轉於細緻的溝漕。但黑膠唱片後來不流行了，終成「絕響」。我慣聽的「古調」，時人都已不放了。其實，都市中人久已不聞造化的萬籟，所聽無非噪音。要靜聽松風，不如深入林間，聽清音穿透松針：那正是最好的唱片，在一切科技之前。

——癸巳年正月初三

——原載二〇一三年四月二十二日《聯合報》

江 雪

這能充水墨畫麼
　絕而且滅
　獨而且孤
就憑那一縷釣絲
由眞入幻，由實入虛
能接通魚的心事？
太緊，未免會洩密
太鬆，又恐像釣名
　王維說，磨墨吧
　管它好不好畫
　都不妨試試

尋隱者不遇

那童子笑笑說
師父一早就上山去了
他身子一向好
也不全爲了採藥
要是我陪您去找
只怕我們先迷了路
師父卻一個人回來
雲，實在太深了
連樵夫也不想出門
不如且坐在這松樹下

讓我去掃些松針來
給您煮茶

——原載二〇一三年八月二十六日《聯合報》

聽箏

琤琤琮琮
周郎在座中
要他投來青睞
偶一拂錯便可
時時誤拂
只恐會引他皺眉
甚至一怒
會不顧
而去

——二〇一三年八月十一日

新嫁娘

新娘也算是考生吧
第一考是洞房
第二考是廚房
鍋盤碗箸
這羹湯怎麼煮呢
鹹淡酸甜
與其兵臨城下
看姑的臉色
不如先試小姑
看她是怎樣的表情

——二〇一三年八月十一日

問劉十九

那麼好的酒耶
不知應召了沒有
只知每讀一回
都饞得似乎嗅到
那一股酒香，從中唐
一路飄來了我書房
櫃子裏也儘有茅台
水井坊，五糧液，高粱
我卻羨慕你，白居易
那台溫馨的小火爐

更羨慕你，劉十九
有這麼雅興的酒友
不用寫詩，就跟著不朽

遣懷

落魄江湖載酒行
有船帶酒，還不算落魄
楚腰纖細掌中輕
眞是腰細於指麼
十年一覺揚州夢
夠長了，在揚州卻嫌短
贏得青樓薄倖名
這種邪名不出也罷
儘管如此
令人竟有點豔羨

自棄自嘲
倒過來卻像在炫耀
雖是苦笑
未必不帶點回甘

——二〇一三年八月十五日
——原載二〇一三年十月二十九日《中國時報》

寄揚州韓綽判官

李白送故人
煙花三月去揚州
杜牧念舊友
山長水遠隔秋夜
一切是那麼迷惘
而又是那麼剔透
遊客抱怨，「哪有
二十四橋呢，哪有人
在教吹簫？」
通通沒有，又有何妨

這一程唯美之旅
應全憑詩人帶路
本不該交給旅行社
派導遊來安排

——二〇一三年六月十二日癸巳端午

夜雨寄北

電影開頭
巴山在外面正下著大雨
水珠濺濕了窗欞
電影結尾
燭光在窗內暖而亮
對照著巴山夜色的雨景
剪燭的不是
一隻孤單的手
一剪歲月，再剪道途
這超前的蒙太奇

也是剪接而成
卻什麼術語都沒用
——全不像我

——二〇一三年六月十三日

應悔偷靈藥

不死藥至今仍然成謎
連不老之藥也仍待發現
最美麗的國際逃犯啊
神話是最有效的庇護
有什麼用呢，警告逃妻
追訴期早過了吧
后羿的懸賞再重
也無法將火箭啓動
一路引渡你回人間

伐桂的斧聲太吵
蟾聲又太含混
其實
不死藥也不能解決失眠

——二〇一三年九月十七日

霜月

秋氣肅殺
霜女眞要鬥月娥嗎
名副其實的冷戰
用最美麗的武器
月色皎皎對霜體晶晶
而觀戰最妙的位置
是近水交輝的樓台
夢裡夢外，一夜下來
誰更嬋娟呢，誰更絕情
誰輸誰贏，誰說得清

附註：可參照李商隱七絕〈霜月〉：「初聞征雁已無蟬，百尺樓高水接天。青女素娥俱耐冷，月中霜裡鬥嬋娟。」

——二〇一三年十二月二十七日

——原載二〇一四年一月二十七日《聯合報》

北斗七星高

北緯線長
把北斗越放越高
半天寒光
抖動哥舒的寶刀
長安今夜
想正是萬戶燈火
但在塞外
卻以暗穹爲帳篷
以星光閃爍爲燭光
來伴將軍的薄夢

——原載二〇一三年三月五日《聯合報》

隴西行

生死不過是一線之隔
陰陽兩界一針就縫合
蒙太奇把明暗疊在一起
讓征婦千里越界來
而征夫萬劫回家去
誰說無定河不能渡呢
——有詩人引路
奈何橋就成了鵲橋
生死簿成了姻緣簿

——二〇一三年八月十日

中秋

吳剛昂舉的巨斧下
高桂越伐而越茂
桂冠不萎，則詩心不凋
秋之魂魄今夕最飄渺
海峽是誰的心血，最來潮
冰官晶闕的女主人，獨身
億載只剩這一輪神鏡
影影綽綽還引人指認
蹲伏的蟾蜍，騰足的玉兎
這一切神話再奇妙

只可惜觀衆寥寥無幾
只爲了過節的閒人
一半，正忙於燒烤
一半，正低頭撥手機

——原載二〇一四年十月七日《聯合報》

第三輯　長　詩

秭歸祭屈原

莽莽草木，滔滔仲夏
日在畢宿，人在三峽
大江東去，烈士淘不盡遺恨
又是劍掛菖蒲，香飄角黍
鼓聲將起，龍舟待發
翼然欲飛，兩舷的排槳
只等令旗一揮，就破波潑浪
去迎接遠去的孤臣還鄉

秭歸秭歸，之子不歸

行吟澤畔，顏色憔悴
江湖遍地，究竟他在何方
屈平其名，錚錚傲骨卻不平
永不屈服是正則的脊椎
他佩的是長劍之陸離
戴的是高冠之崔嵬
他手捻蘭花，翩然兩袂
亂髮長髯，任江風拂吹
眼神因不勝遠望而受傷
迢迢望斷郢都的方向
秭歸秭歸，之子不歸
他沉吟嘆息在汨羅江頭
國破城毀，望不見郢州
遑論上游更遠的秭州
秭歸秭歸，之子不歸

懷王不返，秦兵不退
帝遣巫陽下界來招魂
魂兮歸來，東方不可以徘徊
江湖滿地，下游更阻於滄海
魂兮歸來，南方不可以流連
南溟浩渺，天低鶻沒
讓韓愈和蘇軾去放貶
魂兮歸來，西方不可以遷延
流沙千里，絲路漫漫
崑崙嵯峨，冰封崦嵫的鳥道
絕域讓張騫和玄奘去探險
魂兮歸來，北方不可以逍遙
戈壁無邊，沙塵卷暴
讓蘇武去牧羊，昭君去和番
魂兮歸來，上天或下地

都非你耿耿之所甘
你的歸宿是三楚才心安
心掛在故國隱隱的雉堞
你是鮭魚，逆泳才有生機
孤注一躍才會有了斷

如你，我也曾少壯便去國
〈鄉愁〉雖短，其愁不短於〈離騷〉
你阻於江湖滿地，我阻於海峽中分
你順流而下，如江水不回頭
我又何幸，少壯出三峽，還金陵
浮槎渡海，臨老竟回頭
回頭竟有岸，溯你的淚痕斑斑
下汨羅，過洞庭，歷江陵
逆荊州與宜昌而上，來祭秭歸

從汨羅江畔你披髮投水
到秭歸家門你赤體投胎
從國士吞恨到啼嬰發聲
把一生的悲憤倒收起來
來你的廟前行禮祭拜

蒲劍抖擻，猶似你的氣節
角黍崢嶸，豈非你的傲骨
兩千三百多年前，你奮身一縱
成清流，上游一直到下游
江水浩浩因你而清瀏
非滄浪之水濯你，是你
明礬如砥，鎮淨滄浪
聽，鼓聲搗耳，千楫如梳
像是爭先要將你搶救

你卻永遠在我們前頭
不懈的背影高冠巍巍
爲我們引路，引渡，告訴
我們，切莫隨衆人共濁合污
你才是天問的先知，年年
踏波爲我們帶路，指路
你早已修煉成不朽的江神
不再是落魄的三閭大夫
問所有的樵夫，漁父，
所有的尖粽，所有的艾草
所有的選手，所有的龍舟
這已是無人不信的民俗
問所有的水族，所有的荇藻
所有的芙蓉與蘭槳桂棹

亂曰

秭歸秭歸，魂兮來歸
端陽佳節，雄黃滿杯
歷史的遺恨，用詩來補償
烈士的劫火，用水來安慰

花國之旅

集曲線美七色繽紛之大成
花博的徽號炫我眼睛
如披頭的〈黃色潛水艇〉
——草莓田，永永遠
　金針花海，菜花田
　　薰衣草之夢，紫若魘
不禁想起她們的姊妹
在最嬌的年齡，在花店
膠布銬腳，鉛絲穿腸勾肚
僞裝的婚紗把身裹住

賣給宴會，做貴賓的胸飾
新娘的寵捧，水瓶的囚徒
垃圾桶充明天的墳墓

布雷克卻說：「一花一天國」
對蝴蝶和蜜蜂，是這樣
花博說：這裡是花的聯合國
四季的劇院，色彩合法暴動
立體幾何的意識亂流
複瓣的屏風遮著蕊心的夢
波提且利，雷努瓦，夏高的調色板
唯美主義的大殿堂

戰車可以輾雛菊的牧場
但要問跨國的軍火商

你眞敢在夢想館，舞蝶館
公然展售最尖端的武裝
精準，昂貴，高傲的兵器
量屠，滅族如高效的除草機
敢對唯美的信徒咆哮

芝麻開門，洞天透晶，魔地如茵
滿庫珍藏的是美而非富
是扎根，發葉，分瓣，吐蕊的生命
非珠寶非精品非守財奴之財
是神的慷慨，人人都有份
左顧右盼，琪花瑤草
將我們寵成了仙人
即蘭花一族就千姿百態
連屈子也無法逐一點名

仙人掌從高竄到圓滾
似近實遠，像刺蝟化身
誰敢跟他們握手，交手
百朵同根，白菊從窗格裡
睽睽灼灼，伸首來歡迎
純潔的百合麗質不甘
自棄，更列隊在一旁等待
不，不是百姓夾道迎貴賓
是我們，擁擠的凡人
閱兵一樣在檢閱貴族
盆景要俯覽，衆卉要平觀
老榕和古松與高曾祖同壽
蟠龍蜿蟒在危崖，要仰瞻
「那錦白耀眼的，可是芒草？」
我驚叫，義工卻笑了

「不是的，是棉花！對！是棉花！」

夢想館是天眞的起站
世故與童心的接壤
不用簽證，只需向守關領取
奇幻一閃，戴上一道手環
便入境了，入認眞的幻境
半小時不滿，感覺已隔世
甘心被花神洗腦，向花國
投胎，一路結花緣無數
一揮手荷花就爲你綻放
柳條婀娜也爲你旋轉
飄飄然，你入籍了蝶族
蜂窩或鳥巢，午寐成莊生
栩栩然，蘧蘧然，全然忘我

穿過大堂，夢遊者的廣場
穹頂一朵超白巨葩，有如
一盞百瓣的吊燈，長瓣
徐開又緩闔，是花魂冥冥
在深呼吸嗎，納了又吐
之後又來到一處劇場
隨衆席地而坐，分不清
自身是昆蟲而六足，禽族而雙翼
忽地騰空，升入了遊仙詩裡
森林與山嶽，全世界向你撲來
其快是見山不是山，見水不是水
狂跳的心臟，喘氣的肺葉
怎承受得了如此的漩渦

終於到了出境的關閘

你腕上的陰陽手鐲
精於計算，吐出了一頁奇花
原來，你想，這便是我的魂魄
我的卡上是一朵大紫花
穠豔而神異，費解如謎
她卡上映出複瓣繽紛
瓣分三層，瓣尖輻射向四方
從淺黃到深棕，蕊心如太陽
直到今天還靠在書房
一座透澈的水晶鎮紙上
像遠征的足印，又像
什麼神話坐實的物證
舍利子，佛骨，聖杯或隕石
證明二〇一〇年十二月三日
兩人忽然失蹤於台北

失蹤於手錶的長針短針
指揮的所謂時間，失蹤
於紅燈綠燈又黃燈
主宰的空間，花間一日
不，花間千年，世上才半天
靈魂向軀體請的是長假
到此刻還未曾全銷
也許，是什麼科什麼目的昆蟲
四翼或六腳，此刻
已蛻變成我們，不知
究竟該向誰啊去追問

——原載二〇一一年三月六日《聯合報》

盧舍那

想當初江湖滿地，鱗鱗蛟龍
大禹疏洪，鬼斧神工
把鬱鬱磊磊從中劈開
讓伊水自在向北面流來
要等多少劫數啊岩壁
才有幸雕磐作龕，刻骨成佛
接受胡漢五體的羅拜
想達摩東來，玄奘西征，一張地圖
攤成幾千里絲路牽引
才牽來多少隊駱駝絡繹

駝鈴搖醒中亞的岑寂
蹄印縱橫，一步一陷坑
早被風沙一層層掩埋
留下斑斑這龍門古跡
上面是柏樹林勃勃，天機不改
下面斜行著地質露筋，遠看
像一片蜂房參差，近看
有深有淺，各有各的玄秘
只要有佛，那怕只高三厘米
每一壁也自成一龕洞天

兩千多神龕供著十萬尊佛像
又似在戶內，又似在露天
都對著伊河粼粼，坐西
朝東，其中有一龕與天相通

洞裏朝廷的氣象，巍巍拱著
一佛，二徒，二菩薩，二天王
二金剛；至尊坐鎮在中央
左右賢徒是近身的弟子
大弟子迦葉，肅穆苦行僧
阿難多聞善記，廿五載隨行
仍然對稱，左文殊，右普賢
不乘青獅或白象，只能脇侍
再左右依次是天王，力士
夜叉佝僂在腳底，負重呻吟
如此排場，兩側供奉著誰
誰才配中間坐在主位
除非盧舍那，佛陀的化身
盧舍那，佛陀修煉成正果

華嚴淨滿，光明乃能普照
背負著圓光，火焰紋升騰
只見他，寬額豐頰，螺髻高戴
眼瞼微垂著慈祥，目光
隱隱，俯接信徒的仰望
至於佛身，通肩的衣紋
弧線疎疎若漣漪展圈
雙手已斷於歲月，但手勢
引拒之間，施無畏或與願
仍可想見。九尊石灰岩像
盧舍那居中，崇逾十七米
嵯峨相當四層的高樓
文殊，普賢十三米，二徒，二天王
二金剛，各爲十米，儼如重臣
侍帝王於朝廷，當旭輝

自香山背後凌伊水照來

奉先寺這一窟巨龕，坡半
高據，橫闊又縱深，拾長階
百級而更上，不勝其優勢
香客尙不及蓮座，抱佛腳
是妄想，攀佛膝更不能
惟盧舍那的眼神將我們
已攝住，那神秘的磁場
降吧，再回神已莫能
史家說，是唐咸亨三年
高宗與武后乾坤共政
起建龍門這浩大的工程
多達二萬貫是武后所捐
原是她自己的脂粉錢

這豪舉不免引起了傳說
說匠師揮錘敲鑿的法相
難免暗傳武后的風姿
三年後，神工終畢於一龕
耳長近二米，只算是常規
但眉彎新月，杏眼修長
幾乎要入鬢，竟雙倍於唇寬
幾令我忘記俯臨吾身
是佛陀的報身，而非才人
妙手的雕師啊，雌雄同體
竟疊合了天人於一瞬

武則天姓武，性卻近文，施政
叵測，臨朝卻露出眞性
在龍門東山建寺落成

率衆臣方頂禮，忽嗅到
芬芳襲人，爲山多香葛
名山爲香山，並命衆臣
賦詩以誌慶，先成者賞錦袍
左史東方虯最先，即得袍
領賞回席未定，宋之問
繼獻所作，文采可觀
武則天讀而悅之，即刻
奪回東方虯手中錦袍
改賜了次交的宋之問

千五百年前，如此奇女子
自爲天下所不容，政體
倫理，都被她一掃而開
徐敬業兵起，駱賓王草檄

龍門石窟奉先寺佛陀像

理直氣壯，數盡了她的罪名
道觀，佛堂，後宮，前殿
才人，昭儀，皇后，周帝
任由她出入，來去
龍子龍孫，任由她廢立
男女之大防，任由她取捨
欲斷唐祚，卻尊李耳爲眞經
殺人不怯，卻自命彌勒降世
天縱聰明，兼容這許多矛盾
十惡不赦，偏如此愛才知人
能詩能文，遺作竟不傳後
驚世駭俗，遺容竟託佛相
而不朽。可惜我來遲了
遲來了足足十五個世紀
啊不，與此人同朝共代

未必能避災：哀哉！善哉！

但隔著時光如伊水迢迢
伊水不回頭而青山長在
功過且歸歷史，名勝等待遠客
象教自能推佛法，色空何曾空
都說大乘西來，此乃東方美
之典型，想起了米羅女神
同樣可惜都缺了雙臂
別具不完美之美，想起
蒙娜麗莎，不知要瞞些什麼
笑意盈盈神秘到現今
想起菩薩來中土，空淨之中
常含著一漣笑意，解嚴了
眼神與脣態，像難以捉摸

仝前龍門石窟佛陀頭像

（佛曰不可說）的倒影
偶然，歷史也會眨一眨眼睛
難說究竟是有意或無心

——二〇一四年六月二十六日

大衛雕像

你原是卡拉拉大理石礦
附近的波代丘採石場
一塊高貴的大理石，比希臘
帕羅礦所產更白更純
龐然的磅礴運去西岸
在斯培加港吊上了駁船
由亞諾河口上溯到翡城
杜奇歐和羅塞里諾，翡城
兩雕家，先後曾向你施鎚
用鑽，奈何都與你無緣

只好知難而退，一任你橫躺
在大教堂工場的院落
由造化寒暑的脾氣去虐待
也許你，一塊天真，還可以
就如此仰臥下去，若非
你體內，純淨剔透的深處
囚禁著一尊不甘的巨靈
自古一直在苦等，而今中世紀
將醒，文藝復興正光臨
隔著石壁，瑩白而無辜
他似乎在遠方隱有所聞
你用超音波暗發的呼救
「我來了！我來了！」他終於回應
從羅馬他迢迢奔回了翡城

大衛雕像左頰之一

他，佛羅倫斯之子，天才
中的天才，苦命中最命苦
新近在羅馬成名，廿四歲
已雕就〈聖殤〉，讓無奈的聖母
俯身承抱著長大的聖嬰
剛從十字架扶下，釘眼
張著傷口，已死而未僵
廿二歲已雕就了酒神
修長滑溜的腰身，骨肉勻稱
葡萄纍纍滿頭，後面跟著
童身羊蹄一頭小牧神
佛羅倫斯的朋友催他回去
說，再猶豫那噸寶石
那晶光欲透的大理素材
大教堂也許眞會指定

給了高雅的達芬奇前輩
成名更早名氣更高的對手

米開朗基羅爭到了巨石
他們把你從地面扶起
扶正，巍然像一座里程碑
標示光榮的十六世紀
扶正，扶直，搭三層鷹架
讓米開攀天梯上下，把你
石中之囚，大理石的魂魄
一鎚鎚，一鑿鑿，粉屑紛飛
把你從古獄中層層解放
幸運的大理石，神賜你給大師
幸運的大師，你命中有此石
石高而扁，最薄處四十五公分

近腳處容不下哥萊亞的
斷頭，大衛迎戰也不能
有太開的姿態。石不能放倒
只能直立，米開的身材
不到一五六公分，即使舉手
也不能觸及像腰，即使踮腳
也不能收覽全貌，只好
手足並用，猴攀於鷹架
讓石屑紛紛，像雨季灰白
沾了他一身，深呼吸不可能
爲了將你釋放，要及時
完工，他減食加工，很少梳洗
從不脫靴，他，是辛苦的上帝
而你，是難造的亞當
早在十八歲，他已在醫院

修道院，忍受福馬林而嗆咳
向筋骨和肌腱解剖屍體
更早，他的奶娘是石匠之妻
他說，他吸慣礦砂石粉

三個助手先輪番敲打頑石
把多餘的白淨越削越薄
但最後來叩石，叫芝麻開門
令頑石點頭，把永恆吵醒
來迎接你的，米開朗基羅
他，也是以渺小搏碩大
一勇士，你擲石要誅巨兇
他剖石要救出巨靈
他攀鷹架要征服絕壁
武器是以小制大的三鑿

大衛雕像左頰之二

速匕牙（subia）以牙咬石
格拉剃挪（gradino）以爪爬梳
石刻披落（scapello）完成細工
神能造人，唯他能造神
甚至第七天也不肯休息
最後，他摸到了大衛的
也就是你的，峭直鼻梁
西方男性美典範的分界
右頰有神佑，左頰轉向魔鬼
英挺而峭直，尊嚴的陡坡
微隆似鷹，砥柱能排開厄運
米開一驚，凜於傑作之降臨
運足了想像，集中了神思
屏息而懸腕，「石刻披落」
在低空待命，尋立錐的一點

一鑿落錯，必全盤皆輸
下面等著的，是雙唇緊抿
那是意志的關卡，守衛著
咬牙切齒，但他是天生巨匠
能慎能狠，快而且準，純以神遇
毫厘之細決勝於肘腕
終於到喜怒的舞台，表情的
焦點，萬象由此而入，靈魂由此
而顯，眶眥所承的水晶球
雙眼皮，淺眼袋正待睜開
目光灼灼，當日曾倒映
哥萊亞幢幢的巨影，他舉鑿
向瞳人刻出了燦燦雙星
濃眉危崖，上面聳怒的
是縱紋，更上面覆額的

是髮捲，茂密而青春，他用
弓鑽來穿洞，讓鬈髮披垂

新世紀才進入第五年
一五〇四年四月，近千日的苦工
終於結束，你，大衛的巨像
掙脫了白牢，抖落滿身灰屑
第一次見到你的救星
米開朗基羅，救你的主人
第一次見到他的傑作
苦盡甘來，幾乎要忘記
近千個日子他如何熬過
如何疲於攀爬，筋痠骨痛
敲打不休，與石爭鬥
如何一分神失足摔跤

大衛雕像背部

此刻頑石竟活了過來
炯炯的眼神四目對望
欣然，愕然又惘然，望出了神

雕像如此碩大，衆目睽睽
該立在何處才最醒目
達芬奇，波提且利都投了票
選定執政團廣場的入口
瓦薩利讚道：「大衛王功在
護民，以正義統治國家
是故本城亦應有勇士守護
以正義行王道」聖母大教堂
到執政團廣場，多是彎街窄巷
他們拆掉院門上方的牆壁
讓雕像的木架岌岌過路

壯漢四十名用十四根圓柱
上了油，在下面推進，滾過的
圓柱就抽出來再鋪前途
就這麼合力拉索，運入了
氣派的廣場，讓驚嘆的觀衆
止步瞻仰，人潮自古到現今

五百年來，你，就這麼立著
昂然立著，警醒地守著，仍似
面對著腓力士丁的巨人
掃羅王賜你的銅盔鎧甲
你披戴不慣，試過又脫下
從溪中你撿來五顆卵石
以一顆入架，忽然乾坤一擲
便激射向哥萊亞，竟然

命中他前額，深嵌不拔
又奔到他伏屍的身旁
抽出他利刃，斷他首級
像座下的觀衆充滿驚疑
看你左腳跨半步即止
與臉頰向左側正一致
右臂垂著，肌腱勃勃，筋脈突起
超大的右手可想正緊握
那待命而且致命的溪石
左肘緊收而左手控著
垂到肩後的佩帶，正是
慷慨一搏的刹那，立決死生
《舊約》說，那年大衛不過是
十七歲的牧童，手執牧杖
爲了救羔羊，曾力搏獅熊

大衛雕像正面

米開朗基羅從大理石中
放出來的，你，大衛，已是
成熟的青年，胸肌坦陳
塊壘多健碩，肺活量驚人
脊椎把腰身挺得多神氣
臍眼，丹田，鼠蹊，凝聚著元氣
最令人訝異是三角洲頭
傳後的殖民地毫不惹眼
只低調垂著一對私囊
唯有一撮駭俗的恥毛
似經過精心梳刷，有意呼應
你終將帶上金冠的鬈髮

訝異之情至今猶未息
年齡有差，肢體不成比例

雕像前傾，私處卻加工
你啊，和史上的以色列王
究竟能不能合爲一身
但你立定了佛羅倫斯
即使在大師之列，也站穩了
文藝復興拔萃的頂點
柏拉圖的理念因你而顯
你沉著的怒顏似在對偶
蒙娜麗莎成謎的笑意
你的造物主，米開朗基羅
他卻老了，獨承著孤寂
和滄桑，羅馬又在召他
創世紀、末日審判、聖彼得
大教堂，在聖經等他去招魂
在梵蒂岡等他去定調

大衛雕像正面半身

只爲他獨一無二，是中央C
濕壁圖、穹頂畫、穹隆圓頂
還有別的榮銜等他去認領
而你，大衛的雕像，男性美
的典型，要留在佛羅倫斯
不容〈維納斯的誕生〉
女性美的定義，乏人對仗

——二〇一三年七月十四日

後記：

此詩所言種種，均針對米開朗基羅之傳世傑作David而云；所以詩中的「你」當指此一雕像，但有時又兼指聖經中之以色列王，而「他」往往是指雕刻家米開朗基羅。米開朗基羅的全名是Michelangelo di Lodovico Buonarotti Simoni。為避免名稱太長，有時只能稱他為「米開」（Michel），而非法文的「米歇」或英文的「邁可」（Michael）。義大利人暱稱他為

Agnolo，但發音無法精確中譯，而即使勉強譯過來了，中文讀者也不知指誰。Florence之義文原名Firenze，經徐志摩譯為「翡冷翠」，採用者很多，但真正去過該城的人，對該城的印象應為一片暖橙色罩著白色，既不冷，也不翠。所以我有時只採一字，只稱「翡城」，以求句短，否則仍採一般的英文說法「佛羅倫斯」。

我這首詩雖然動用了想像及聯想，但細節多處仍均有所本，參考的藝術史頗多，尤其應一提時報文化出版社出版的《曠世傑作的祕密》（The Private Life of a Masterpiece）：Monica Bohm-Duchen原著，余珊珊中譯。

我雖然寫過上千首詩，其中包括題畫詩多首，但多為短作，以抒情為主。這首〈大衛雕像〉不但較長，而且在抒情之外，並兼有描寫與敘事，在詩體上，也採用詩句大致等長而大致也不押韻的「無韻體」（blank verse），莎士比亞與米爾頓都用過，算是新拓的領域。

後記

《太陽點名》是我此生出版的第二十本詩集，也是我三十年前來高雄定居算起的第六本詩集。「江郎才盡」之咒語，多謝繆思，始終未近吾身。

這本詩集分成三輯：〈短製〉五十五首、〈唐詩神遊〉二十三首、〈長詩〉四首，共為八十二首，份量之重超過我以前任一本詩集。這麼多首，主題、體裁、語言變化頗多，實在難以分析。以前我常說自己的詩大半是等來，小半是追來的：所謂「等來」，是不請自來，或是一個意象，或是一種音調，或是一句可以開頭，或是某詞可以發展，總之就是近于「靈感」。所謂「追來」，是有人請你就某一主題在某一時間之前交一首詩。我有時會婉拒，但是如果主題值得一寫，我就會以接受挑戰的自勵應承下來，然後在知性上做足功課，充分「備戰」。眞正寫起來時，還得憑自己的感性，把那些知性的材料化為我用才行。

例如〈阿里山讚〉便是應阿里山林務局之請而寫，〈記憶深長〉便是由台鐵催生，〈白孔雀〉是爲八方新氣的白瓷雕品而作，〈西子樓〉是應中山大學的校友會之需，〈夢幻舞馬〉是爲宣揚《聯合報》所辦精彩表演而成。〈秭歸祭屈原〉更是湖北秭歸縣新建屈原祠堂，舉行端午祭屈大典，由該地縣長跨海來邀而特地新作的第七首詠屈之賦。後來我又應邀去開封參加祭屈，不得不寫出第八首的〈招魂〉來配合盛會。

其實詩集中頗有一些，是我認定其主題極有價值而自動引其入詩的。例如〈某夫人畫像〉就是要肯定淡泊而純淨的風格，所以正話必須反說。例如〈謝渡也贈柑〉與〈拱宸橋詩會〉等作，不過是效古代文人之吟詩答和。只要詩心不廢、詩興常發，則生活之中無事不可入詩。例如看醫生原非賞心樂事，尤以看牙醫爲甚。近年我在白內障之外更添了青光眼，本就相當苦惱，但是苦惱不妨用詩來化解，反躬自嘲的諧趣，宋人就比唐人看得開。至于〈核桃〉，當然是一首詠物詩，不但要狀其物，更要超于象外，入乎意中，既要寫實，也得象徵。這首〈核桃〉，始于摹狀，一變再變，轉入美學，終於對空洞的晦澀詩提出批評，一笑作罷。

第二輯〈唐詩神遊〉有點像論詩絕句，卻又不是。我讀唐詩大半生，老而更好。輯中這些小品，或是順著某首名作之趣更深入探索，或是逆其意趣而作翻案文章，或抉發古人之詩藝竟暗通今人之技巧，或以畫證詩，或貫通中外，總之以唐人爲師，攀唐人爲知己，其實都是抱著Homage的敬愛心情，不敢對那些天才無端唐突。

第三輯的〈長詩〉，除〈秭歸祭屈原〉是應靈均出生地的縣政府之邀請而用心創作之外，其他三首都是因爲美加上宗教的感動而自動揮筆。〈花國之旅〉是詠台北市花博會之盛況，開頭的一段用披頭迷魂恍神的聲韻，希望能追摹翩如飛（groovy）的快意。〈大衛雕像〉寓抒情于敘事與玄想，並且不刻意押韻，〈盧舍那〉亦然。老來還能鍛鍊新的詩藝，可見得詩心仍跳，並未老定。

〈太陽點名〉一首，專寫春回大地，太陽來點澄清湖岸特有花樹的名，充滿幽默與喜悅。在環保署的贊助下，此詩得以銅牌刻碑立于湖岸，是我長居高雄莫大的榮幸。

二〇一五年二月七日于西子灣

下江陵

白帝乍發的一箭
不用拉縴
何需操櫓
驚動兩岸的猿猴
再鼓噪也止不住
海拔陡降怎算得出
動員李可染一排排峭壁
再攔也难阻
管他巫山巫峽
那一串串的典故
李白在船上耶
舵尾側側转转
浪頭起起伏伏
不到雲夢大澤
那氣勢怎煞得住

——2013.6.9

岱宗夫如何

齊國加魯國都放不下
你青緣無际的大排場
(这抽象画簡直放肆)
是谁将造化的神秘
高高私藏在此中
陰陽共一脊，互成朝夕
(立体主義晚一千年)
雲海鼓動滿腔的元氣
縮地仙術在寸心
貪看暮色如何把歸鳥
趕入最遠那樹叢
(鏡頭只移了一下)
就害人把眼眶張痛
總有一天我索性從嶽頂
把这一切峰嶺崗峦
俯瞰成腳底的盆景

讀八陣圖

大斧劈劈出的
二十個方塊漢字
給你削成了四行
平仄有呼吸
虛實更互補
我一入就不再能出
豈不也是
另一種八陣圖
撒豆成兵
布字為陣
大江滔滔
淘不空一首五絕
只留下這些頑石
歲月徒繞着空轉
再挽也不回的石磨
把歷史磨成傳說

2013.3.1

楓橋夜泊

寒山寺被姑苏城
関在了城外
已経夜半
却関不住鐘声清遠
盪过水面的空闊
直到夜泊船客的耳边
一怔間，只驚於月落
烏啼，霜滿天，幾桌
失眠的漁火，对着
同样無寐的楓橋
真被催眠的却是我們
千年後就着灯光
為何永遠被祟
在一首絶句 的現場

——癸巳年正月初二

登鸛雀樓

白日，已落到山後
黄河，前浪早入了海
至於後浪，源自雪水
还有得流呢，千年萬代
你真要上樓去望遠嗎
就讓我陪着你吧
像穿越電影那样
你帶我去指点盛唐
我帶你，唉
去回顧二十一世紀

余光中作品集 21

太陽點名

作者	余光中
責任編輯	鍾欣純
創辦人	蔡文甫
發行人	蔡澤玉
出版發行	九歌出版社有限公司 臺北市105八德路3段12巷57弄40號 電話／02-25776564・傳真／02-25789205 郵政劃撥／0112295-1
九歌文學網	www.chiuko.com.tw
印刷	晨捷印製股份有限公司
圖片提供	余光中、達志影像（P230-250）
法律顧問	龍躍天律師・蕭雄淋律師・董安丹律師
初版	2015年6月
初版4印	2017年12月
定價	300元

書號	0110221
ISBN	978-957-444-982-8

（缺頁、破損或裝訂錯誤，請寄回本公司更換）

國家圖書館出版品預行編目資料

太陽點名 / 余光中著. -- 初版. --
臺北市. -- 九歌, 民104.06

面； 公分. -- (余光中作品集 ; 21)

ISBN 978-957-444-982-8(平裝)

851.486 103027567